# 여자인데요, 집수리 기사입니다

## 안형선

계획하지 않은 직업입니다.
그렇지만 이 일로 인해 제 삶이 얼마나 달라졌는지 말로 다 하기 어렵습니다.

항상 저를 먼저 헤아리는 우리 고객들에게 사람을 대하는 따뜻한 마음을
배웠고, 그게 제 인생을 많이 바꾸었습니다.
그리고 그런 저를 반짝인다고 여긴 그림 잘 그리는 친구 덕에 이런 책도
나올 수 있었어요.

저는 단지 공구를 잡았을 뿐입니다.


## 조원지

저는 불편함이 있어도 해결하기보다 받아들이는 편이었어요.
그런 저에게 형선이의 여성 집수리 서비스는 굉장히 인상 깊었습니다.
여성으로서 겪어온 주거·생활의 불편함에 질문을 던지고 고민하며 내딛은
그 한 걸음이 다른 많은 여성들에게 도움이 되고 응원을 받는 모습을
보았습니다.
누군가의 한 걸음이 얼마나 많은 사람들에게 좋은 영향을 줄 수 있는지
마음 깊이 배웠어요.

20대 초반, 작은 종이에 '책 쓰기'라고 적어 지갑에 넣고 다니던
제 어린 꿈을 반짝이는 친구를 만나 이루게 되어 기쁩니다.

## 안형선

# 시작해볼까?

시작해볼까?

이야기의 시작은 이러했다.
넌 무슨 일을 해?
난 여성 고객들의
집을 수리해.
집수리?

혼자 사는 집에
수리 기사님이
방문했는데
불안하더라구.

낯선 사람이
집 안으로 들어오는데
대부분의 수리 기사는
'낯선 남성'이니까.

그래서

만들었어.

여성 집수리 서비스.

머….

멋있어!!
너 정말
멋진 일을
하는구나?
멋진 직업이야.
이건 기록으로
남겨야 해!
그렇게 시작된 것이었다.
쓱一
이 이야기는….

자, 그럼
이야기를
시작해볼까?
쏙 쏙
뿡!

# 나, 이런 일 해

# 여성 수리 기사?

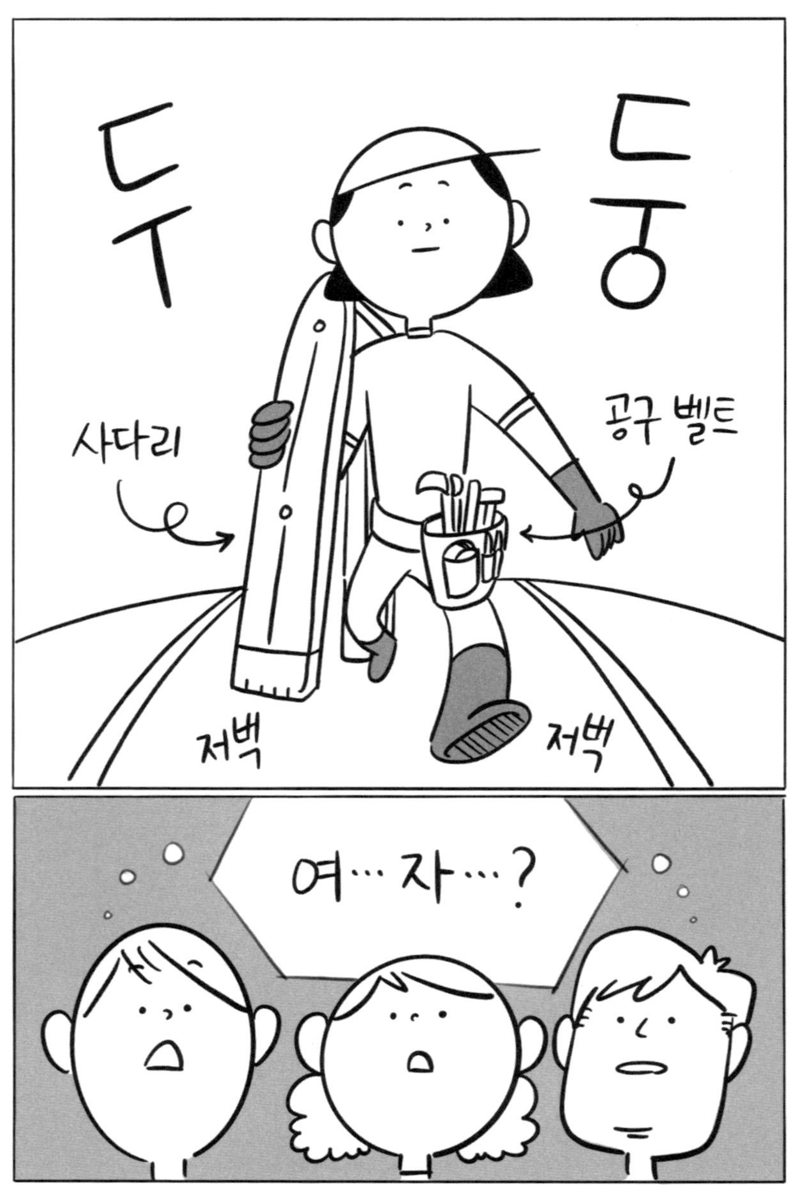
두
둥
사다리
공구 벨트
저벅
저벅
여…자…?

아가씨~
아가씨가 웬 공구를
들고 다녀요?
?
아~ 저는 수리 기사예요
수리 기사?
네.
아~ 여성 수리 기사도 있구나!
삐리링!!!
성 역할 고정관념에 변화가 +3 생겼습니다.

# 요즘 무슨 일 해?

그린 듯 선명한
전완근
집수리해.

아~
인테리어 디자인?
잘못 입력됐습니다.
아니, 집수리해.
?
그래, 집수리 기술자를 떠올리긴 어렵겠지.
갈 길이 멀다...

# 인터뷰 비하인드

What's in my bag

• 드라이버

십자 나사를
풀고 조일 때
앤 일자나사용!
드릴을 쓸 수
없는 좁은 공간에서
사용!
미세한 힘 조절이
필요할 때
드릴보다 높은 토크값 (힘조절)이
필요할 때 사용

# • 멀티렌치 <sub></sub>(수도 부속용)

# 제2장

# 이 일이 뭐가 어때서

# 구석구석, 수리가 필요해

집수리는 말 그대로
집을 구성하는 것들을 수리하는데,
따라라라 ~
같이 둘러볼까요?
거실
전등 교체 및 수리
커튼 설치
방충망 설치 및 수리
선반 설치 및 수리

부엌
수전
배수통
화장실
세면대, 수전
변기
샤워기, 수전

그 외
냥-
도어락
교체
캣타워
조립
가구 조립
콘센트
교체
집 구석구석
수리가 필요한 곳이 많죠?

집수리 어워즈
따라
따란~
올해도 많은 부품들이
고장 나 주셨는데요!
고쳐주세요 Top 3!!

3위, 베스트 커플 상
너 한 번
나 한 번
같이 고장 나자♡

화장실♡싱크대 수전!!

노후와 사용 습관으로 인한
교체 수리가 많아요.
꽉!

고무 패킹이 찢어지거나
물이 샘


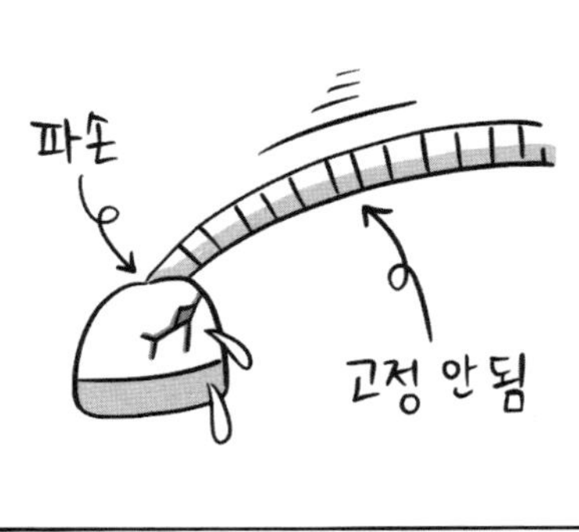

제품이 고장 나서 교체하죠.
파손
고정 안 됨

2위, 고구마 백개 상
고구마?
답답해?

세면대 배수 부품!!
꺅!


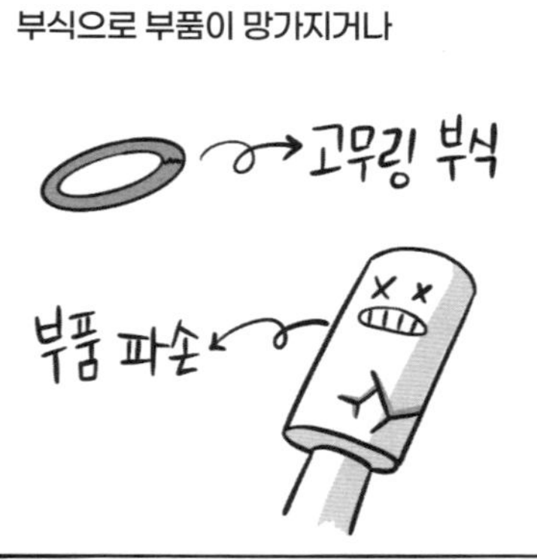

부식으로 부품이 망가지거나
고무링 부식
부품 파손


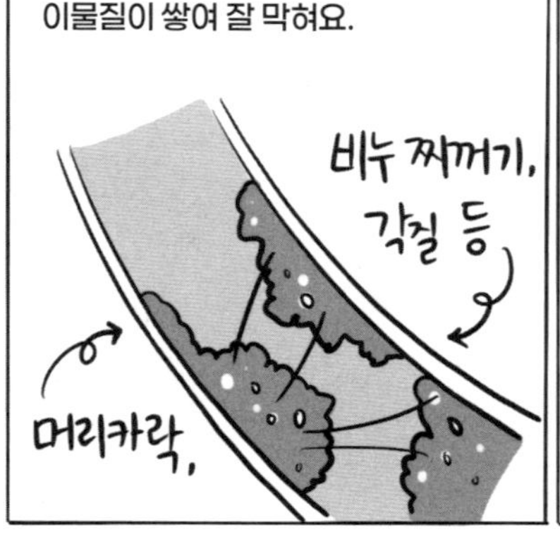

이물질이 쌓여 잘 막혀요.
비누 찌꺼기, 각질 등
머리카락,

막히면 속이 터진답니다.
…
쪼로오오록

대망의 1위, 신세대 상!
NG
NEW GENERATION


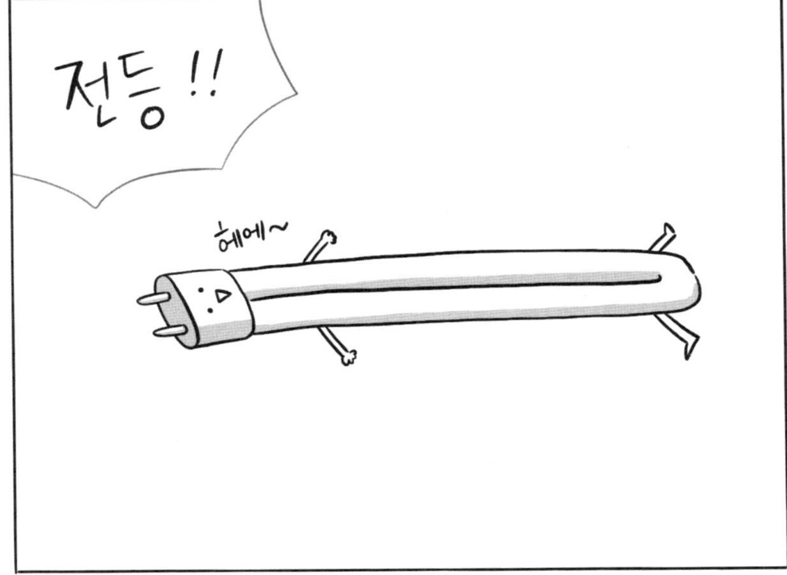

전등!!
헤에~

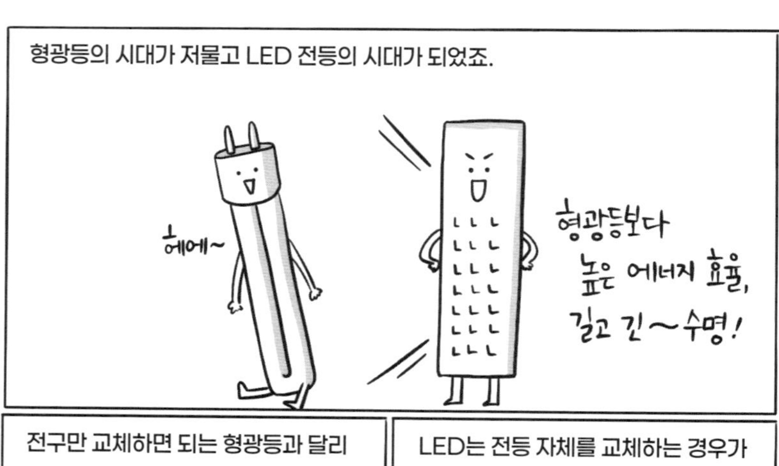
형광등의 시대가 저물고 LED 전등의 시대가 되었죠.
헤에~
형광등보다
높은 에너지 효율,
길고 긴~수명!

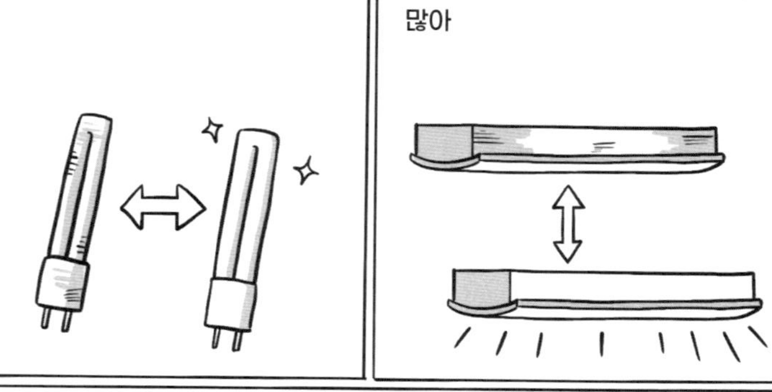
전구만 교체하면 되는 형광등과 달리
LED는 전등 자체를 교체하는 경우가 많아

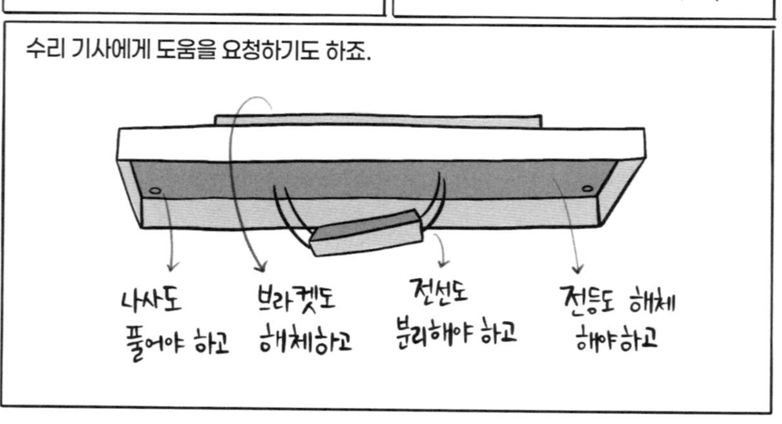
수리 기사에게 도움을 요청하기도 하죠.
나사도 풀어야 하고
브라켓도 해체하고
전선도 분리해야 하고
전등도 해체 해야 하고

이상!
집수리 TOP3
였습니다!
같은 수리도
집 상태나 상황에 따라
방식이 다 달라요.
매번 새로워~

솔직 담백한

그래도 기술직인데
돈 많이 버시죠?

답변입니다.

먹고살 정도만
벌어요.

툭툭툭
우와~
여잔데 이런 것도 잘하시구, 대단해요!
하하

띵동 ㅡ 8층입니다.
어디 공사해요?
여자분이 대단하네.

어디 오셨어요?
ㅇㅇㅇ호
수리 왔습니다.
수리하러
왔다고?
여자가?
무슨 수리를??
경비
경비

여자가 어
여자가 왜 하
여자라고 대
여자라서 잘 안 돼
약해서 어
안 되지

여자가 하기
힘들지 않아요?
남자가 해도
힘든데요?

수리는 힘이 필요한 경우도 있지만

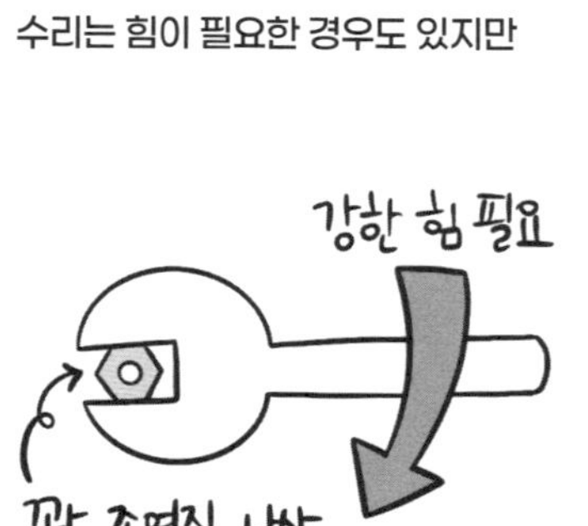


기술과 요령이 더 중요하다.

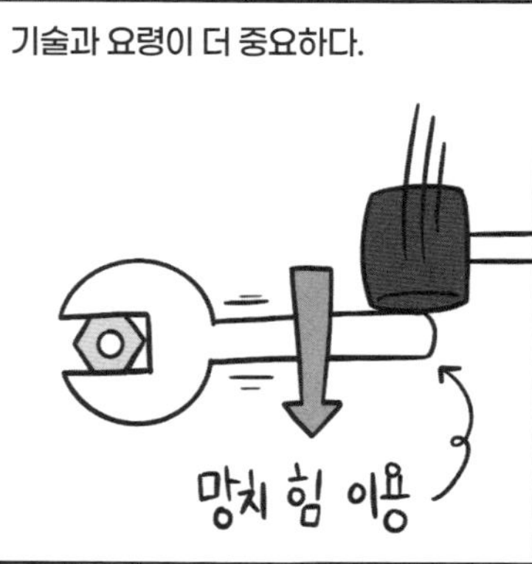


무작정 힘을 가하면 오히려 문제가 생기기도 한다.

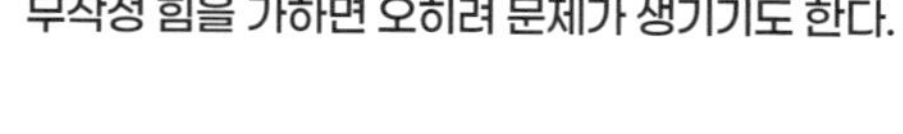

제한된 수리 환경에서 방법을 찾는 게 더 어렵다.
작업을 하게 위한 최적의 각도를 구해시오.
?

중요한 것은 상황에 따른 판단력과 노련함!
이런 집
저런 집
요런 집
져런 집
!
런경험
저런 경험
요런 경험
져런 경험

그래도 다행인 건
진짜진짜 어려운 건 기계가 다 해줌.

집수리 기술은 어떻게 배우셨어요?
혹시 전공과가 있나요?
아쉽게도 집수리 전공 교과목은 없어요.

기사나

건설 현장 근로자는

학원이나 교육 센터에서 기술을 배우고

팀 소속으로 근무하거나

창업하는 경우가 많다.

서로 다른 분야의 기술자들과 협업하기도 한다.

수리 기사 1년차
1시간째

수리 기사 5년차
15분 컷
경험을 통해 성장 중

이 나사 종류를 썼구나.
구멍도 헐지 않았고,
같은 나사를 쓰자.
예전엔 나사 하나 고르는 것도 고민 많았는데
많이 성장했네, 나도.ㅋㅋ

# 나도 언젠가

네, 고객님!
수리한 곳에 물이 새요?
즉시 방문 드릴게요!
수리기사 1년차
뭐가 문제지?
후후... 또 왔는가?!
수전
과연 이번엔 날 고칠 수 있겠는가!

정석대로
시공했는데 , 왜?!
2차 재방문
틀렸어!!
테프론테이프 시전!!
3차 재방문
부품 교체!
재설치
시전!
틀렸어!
4차 재방문
모든 방법
총동원!!!
5차 재방문 확정
기사님…
다시 물이 새요….
배운대로
했는데…

이 방법만은
쓰고 싶지 않았는데….

선배님, 도와주세요.



5차 재방문 수리 완료
노후한 집에선 정석적인 방법으로 해결되지 않는 경우가 많아.
아아
으, 졌다!

나사가 많이 닳았다면

나사산 사이를 메꿔주는 테이프

테프론테이프 감는 횟수를 좀 더 늘려줘도 돼.

해결된 건 다행인데….

결국 남자 선배가 해결했어.

여자선배가 없다고…

아까 수리할 때

이웃 아주머니

역시 여자라 힘이 좀 부족했나 보네.

경험이 쌓여 능숙한 기술자가 되고 싶은 날이었다.

나도 언젠간 이 분야의
선배가 되겠지?
그땐 여성 기술자들이
더 많기를….

경험이 쌓여 능숙한 기술자가 되고 싶은 날이었다.

**늘어나라, 팔!**

회사 다닐 때
타다닥
형선 씨, 이것 좀!
따르르릉
이거도!
저거도
따르릉!
아직이
빨리
일정이
머리가 컴퓨터였으면!
다중 동시 작업
일정관리
업무관리
협업관리
헤.. 에헤..

몸을 쓰는 지금
으샤!
여기
작업공간이
많이 좁군.
ㅅㅅㅅㅅ
으물
으물
한정된 공간에서 작업하기 때문에
슈슈슉!
유연성이
중요하지!

현실1
하아,
저기에 팔을
어떻게 넣지….
후우, 목이 너무
아프다….
현실2

• 몽키스패너

육각 너트를
풀고 조이는 공구

작은 스패너
(6인치 ~8인치)는
세면대, 싱크대,
변기에 연결된 급수 호스를
풀고 조일 때 주로 사용!

큰 스패너 (10인치)는
벽 수전 설치 시
주로 사용!

지렛대의 원리를
활용하면 적은 힘으로도
쉽게 작업할 수 있다!

• 세면대 수전 조립용 렌치

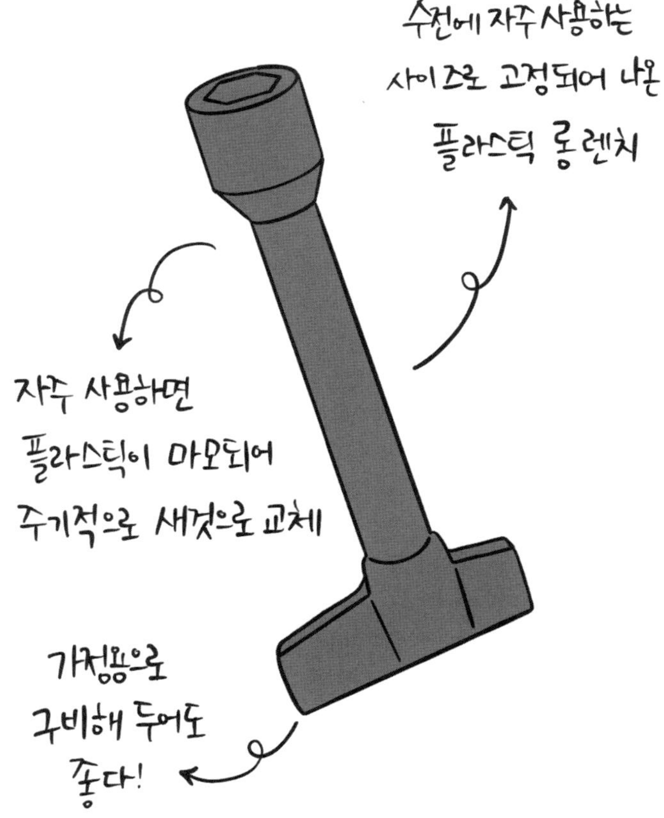
수전에 자주 사용하는
사이즈로 고정되어 나온
플라스틱 롱 렌치

자주 사용하면
플라스틱이 마모되어
주기적으로 새것으로 교체

가정용으로
구비해 두어도
좋다!

# 누군가 할 수 있다면 누구나 할 수 있다

중학교 진로 강의

자!
궁금한 점 있나요?

저요!
저요!

귀여워.
어디 보자….

여학생 두 명
남학생 한 명
나에게 어떤 권한이 생기면
이 학생 먼저—
혼자써 집을 다~ 고칠 수 있나요?!

반드시
집도 지을 수 있어요?

평등하고자 노력한다.
어떤 수리가
제일 힘들어요?

기회가 모두에게 고루 돌아갈 수 있도록.
뭐가 힘들 것 같아요?
화장실이요!
커튼!

## 왜 하면 안 돼요?

어릴 적 나는
어린 나
공구 정리하기를 좋아했다.
다 했다!!
왜 여자애가 공구를 가지고 놀아? 다른 거 하고 놀아.
왜 하면 안 돼요?
???
내 얘기를 들은 친구는
나도 그런 적 있어.
해결사!
난 고장 난 걸 고치고 해결하는 걸 좋아했는데,

아이구, 서랍 손잡이가 빠졌네!
그거 나사만 조이면 돼!
내가 고칠게!
여자애가 뭐 이런 걸 고쳐.
가서 아빠 모셔와!
...
그때 아쉬웠어. 나도 할 수 있는데.
아... 나도 나도!

초등학생 때 유행했던 조립 완구가 있었는데
조립 완구
1호

과학부였던 오빠는 그걸 만들었지만
와, 다 만들었다!!

뜨개질부였던 나는 만들어볼 기회가 없었어.

그땐 남자애들에겐 기계를 다루거나 조립하는 활동을,

여자애들에겐 뜨개질이나 캐릭터 자수 활동을 추천했거든.

오빠 몰래 조립하다 들켜서
엇?!

치고받고 싸웠던 기억이 나.
그만해!

여자도 충분히 할 수 있는데
왜 기회가 주어지지 않을까?

# 궁금하지만 묻지 못해서

새, 생각보다 비싸네?
가격 비교하고 부를걸ㅜㅜ!
의심의 눈초리
…ㅇ
손잡이도 기본형이라 비싸 보이진 않는데….
부품비랑
시공비랑
아, 출장비도 포함일 거고….

총 비용이 어떻게 발생하는지 모르기 때문에



비용의 기준점을 알 수 없어 혼란스러울 수 있고



상황에 따라 부당한 금액이라고 느낄 수 있다.

고객들이 불편해할 텐데
왜 개선되지 않는 거지?



고객들이 불편해할 텐데

# 불안하지만 말하지 못해서

과거
TV 보는 중
띠
띠
띠
띠띠
뭐야?!
누, 누구세요?!

아, 집에 있었네.
집주인이에요.
지난번 말한 수리하러 왔어요.
집주인이면 막 들어와도 돼?
여자들만 사는 집인 거 알면서?
부글
부글

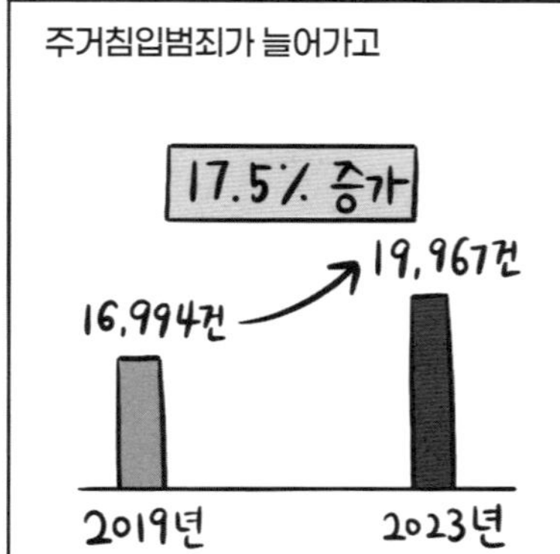
주거침입범죄가 늘어가고
17.5% 증가
16,994건
19,967건
2019년
2023년

낯선 타인에 대한 불안이 큰데
?
?

나의 공간에 들어와

평균 30분, 한 시간 이상을

함께 있는 게 얼마나 불편할까?
어, 뭐해?
열어놓은 문

타인을 의심하게 되는 죄책감 역시
여성의 몫이겠지.
못된 사람이 아닐 텐데.
대부분이 남성인 집수리 기사가
여성 1인 가구에게 심리적 장벽이 얼마나 높은지
직접 경험하고 공감하기에
여성 집수리 서비스를 만들었죠.

애들아,
집에 수리가
필요할 때

?

여성 수리 기사가
온다면 어떨 것
같아?

많은 여성들이 원할 것 같아.

혼자 귀가하는 여성을 따라가서

주거 침입 하려는 사건만 봐도

덜컥

덜컥—

여성들은 잘 모르는 타인에게
신변을 위협받는 경우가 있잖아.

112죠?
누가 집에
들어오려 해요!

물류 일 할 때, 여성용품 주문자 이름이 '곽두팔'인 경우가 많았어요.
받는사람
곽두팔
여성이 사는 집이라는 걸 감추기 위해 강한 어감의 남성 이름을 사용하는 모습들….
곽두팔
스스로를 지키기 위한 이런 현상이 씁쓸했죠.
나는 자취 5년 동안 외부인을 들이는 게 불편해서 뭔가 고장 나도 수리하지 않았어.
어쩔 수 없이 외부인을 들일 땐 꼭 누군가와 통화를 했지.
위험 상황 발생 대비

예전에 수리비용을 문의했는데, 남자친구는 더 저렴한 가격을 안내받은 적이 있어요.
15만원
10만원
여자친구 혼자 있는 집에 낯선 외부인이 들어오는 건 걱정되죠.
수리를 위한 방문인 걸 알지만…
여성 수리기사가 온다면 마음이 편할 것 같아!

다 다 다 다 다 다
다닥톡    투투둑―
허~ 남자가
여자 교육생보다 못하면 어떡해요?
강사
괜히 내가 민망하네.
모르니까 배우러 온 건데, 비교를 왜 해?

학습이 느린
여성이었다면

여자라서
서툴다고 했을까?

이런 차별적인
분위기에서

주눅 들며 배우는
여성들이 얼마나
더 많을까?

탁탁

성 편견 없는 기술 교육
프로그램이 있으면 좋겠는걸?
여성 수리 워크숍의
시발점이었다!

# 예민 보스의 시공 현장

혹시
불편하실까요?
괜찮습니다.
공구에 다치지만 않게
잘 봐주세요.
시공 후
시공 내용
설명 중

쓰레기
수거 중
작업 현장
정리 중

불편한 부분은
언제든 연락 주세요.
수고하셨어요,
감사합니다!

Yes, I am
예민 보스

특히 말에 민감하다.
cellen
cellen
cellen

고객이 느끼는 '편안함'이

함부로 반려동물을 만지거나
아이구 귀여워라.
이리와 봐!
평가하지 않기.
털은 좀 깎아야겠네!

고객의 생활 행태나 인테리어를

함부로 감상하거나 평가하지 않기.

시공 후에는 먼저 시공 내용을 설명하고

관리 방법을 알려드리기.

타인의 방문에 민감한 고객에겐 최소한의 말만 하고

대화를 좋아하는 분과는 적정선에서 대화를 나눈다.

고객을 위한 대부분의 메뉴얼이

기웃
기웃

나의 예민함과 민감함에서 시작됐으니

편하게 옆에서
보셔도 돼요.

내 예민함이 오히려
좋은 서비스가 될 수 있구나….
예민 보스도
나쁘지 않은걸?

대학 시절
맛있게 드세요!
엄마 식당 도와드리는 중
손님이 필요한 건 없는지 먼저 여쭤봐.
필요한 게 있으면
손님이 날 부르겠지.

현재
여성 주택 수리 서비스 대표
어떻게 해야 고객이 더 편리할까
우리 서비스를 먼저 찾는 건 고객이지만
주방 조명을 바꾸고 싶어요. 설치할 수 있을까요?
네, 고객님 가능합니다.
서비스에서의 고객 편의는
음, 고객에겐 비용도 중요하니까…
우리가 먼저 찾아보고
사진, 영상을 받아 최대한 정확한 예상 견적을 먼저 안내해 드리자.
수리 요청 자료
고민해야 한다.
사전 상담
사전 견적
시공 계획 안내
고객이 원하는 시공방식 결정

입장이 달라지니
이제야 이해가 되네.
엄마 쏘리!

What's in my bag

- **수평계**

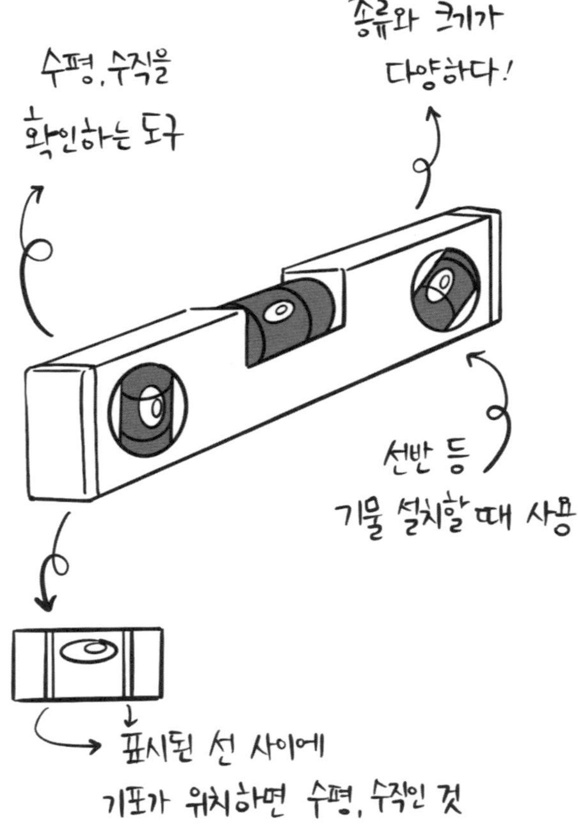

수평, 수직을
확인하는 도구
종류와 크기가
다양하다!
선반 등
기물 설치할 때 사용
표시된 선 사이에
기포가 위치하면 수평, 수직인 것

• **플라이어류**

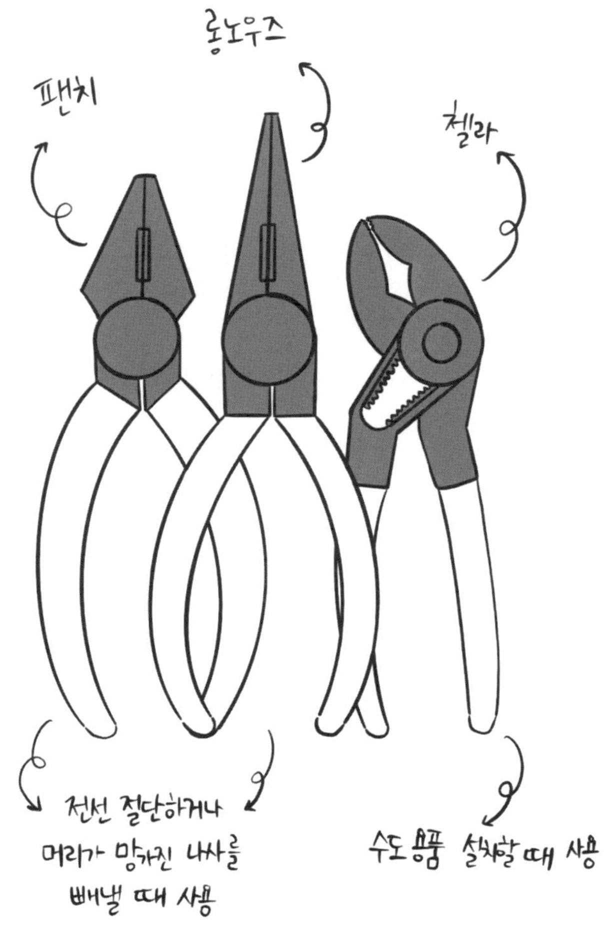

# 제4장

# 여성 수리 기사로 먹고산다는 것

엄마
요식업 운영 20년
아빠
제조 업체 운영

사업 운영은 힘들어,
절대 안 해야지!
어렸을 적, 나

. . . ?
어쩌다가?
사업자등록증
지금의 나

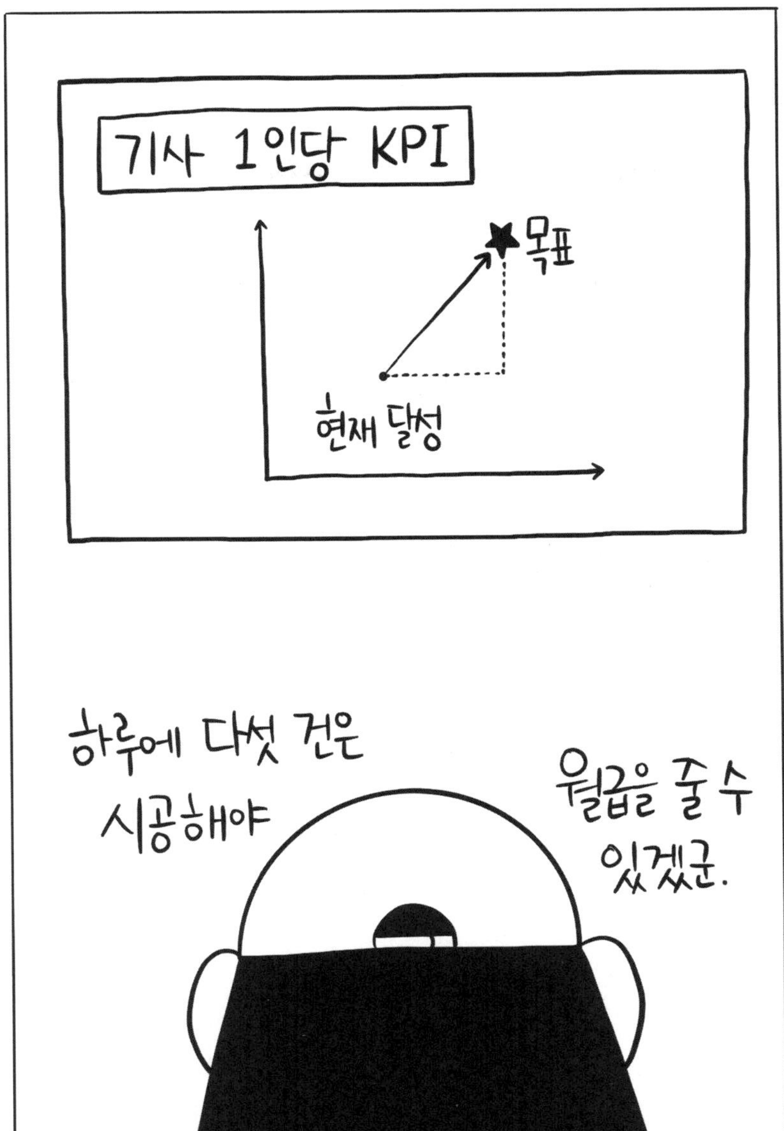
기사 1인당 KPI
목표
현재 달성
하루에 다섯 건은
시공해야
월급을 줄 수
있겠군.

*수리 이동 경로
총 이동 시간 5시간
경로… 최적화!
삐리릭!
43분 단축 성공!

변기, 세면대, 수건장
모두 새것으로 바꾸고 싶어요.

네, 가능합니다. ☺
서비스 이용 안내드립니다.

이번엔
2인 출동!

힘
유연성
판단력

힘
유연성
판단력

창업 경진대회 우수상
상금 500만원

창업 지원사업

이 다음엔
어디에
지원할까?

지원사업 규정에
맞게 사업비를
잘 써야 하는구나.

입금    500만원
마케팅  -200 만원
개발    -300 만원

내가 만난 친성 투자자
1. 사기꾼 스타일
2. 스파이 스타일
3. 간만 보는 요리사 스타일

협업 제안드려요.

네, 좋아요.

님 회사 구멍가게니 주식 맞교환하고 우리 투자 받아보실?

꺼져주세요 .

협업 제안드려요.

네, 좋아요.

지금 운영 중인 워크숍 규모, 수익, 커리큘럼, 비전이 어떻게 돼요?

이러저러합니다.

저희도 같은 거 하려구요.

아, 네…. (협업은?)

서로 장난치는 중
사업 운영 담당자1
사업 운영 담당자2
나
카메라 OFF
대기업 담당자
사업 계획
발표 중
내부 정보
떠보는 중

쉽지 않아…
사업 접는 절차
1.
2.
52
53
54
55
사표
대표도 가슴속에
사표 한 장 품고 살아요.

서비스 운영을 위해선
투자가 좀 필요한걸.
좋은 서비스네요. 투자 미팅 어떠세요?
투자 미팅 하고 싶어요.
여기 먼저
미팅해볼까?

얼마 안 된 기업이니
1주에 얼마 안 하잖아요?
더 비싼 우리 회사 주식이랑
1:1 맞교환 어때요?
아, 그런 제안이라면 사양하겠습니다.
왜요? 주가가 다르니까 우리 주식 가져가면 이득인데?

저희 서비스에 관심 가져주셔서 감사합니다만
제안은 받지 않겠습니다.
며칠 뒤
대표님~ 잘 지내셨어요?
무슨 일로?

예전에 대표님 서비스랑
비슷한 서비스가 있었는데
금~방 망하더라구요!
....?
아! 참고하시라고~
그럼 전 바빠서 이만!
쾅!

사, 사람들이
참…재밌네….
왕당

## 운전은 즐거워 1편

여러 지역을 이동하며 수리를
하다 보니
서울
수도권
운전하는 시간이 많고
하루 평균 주행 시간 약 5시간
부릉
빵
주행거리 약 28만 3천 Km
다양한 차들을 볼 기회가 많다.
보기 드문
외제차
독특한 차
오~래된
차
그중에서도 가장 신나는 건
오!!!
갓 출시된 신차를 도로에서
발견했을 때!
오~ 나 방금 신차 봤어!
대박!
예뻐?
귀여워?

치지직~
파
밧

이따금
한 번씩
찾아오는
아이디어의
신이 왔다!
실이야.
비장-
…
실이야?

· · ·
답답
지피티,
메모해줘.
네~
말씀하세요!
시대가 달라졌다구, 실이야.

신이시여, 왜 제게
이런 시련을…
구오
오오오
주시옵…
스물스물

니콰!!!
졸음은
운전 중 가장 힘든 것 중 하나.
정신 차려, 차주.
부릉—
본.격.
졸음 쫓는 만화
창문열기
바람으로 환기도 되고 잠도 깬다.
지이잉—
하…
살거같다.

실패
안간은 적응의 동물
안 돼!
이건 정신력 싸움!
스윽—
졸음껌
나와의 싸움에서, 이긴다!
까득!
내과…
이긴다…
솔
솔
솔
짐.

133

심장
둠
어깨
칫
빠건뚜
빠라 삣
깨어나는 수치심

뇌가 울리도록 노래 부르고

리듬에 어깨를 맡기면

아아
쪽팔려서 잠이 깬다.
뭐, 뭐야…?

# (수리) 기사식당

| 김밥 | 편의점 음식 |
| --- | --- |

| 텀블러 커피 | 패스트푸드 |
| --- | --- |

가끔은 혼밥도!

화 화장실!
큰.일.났.다.
직접 부딪히고
구르며 경험한
운전 중
화장실 TIP!

첫 번째, 서울 도심이라면 한강 공원
경치와 라면을 얻기도….
두 번째, 주민센터
평일 9시~18시 이용 가능!
대부분 주차장도 있음!!
세 번째, 주유소
OIL
주말도 이용 가능!
셀프주유소가 맘 편해요!

네 번째, 드라이브 스루 매장
차가 통행하는 매장이라
네비게이션에 'DT'로 검색하세요.
주차 공간이 있어요.
다섯 번째, 대형 마트
MART
사람이 몰리는 시간대는 비추!
주차 대기가 더 김.
생각보다
많죠?
막상 찾으면 안 보이는 건 비밀

# 딜레마 1 고객의 집 화장실

# 딜레마 2 불매 중인 브랜드 매장

allen
allen
allen
하아,
피곤하다.

수리 기사도 기술 기반의 서비스직이다 보니

업무 중 여러 가지 감정들이 쌓인다.

쌓인 감정은
털어내야지.
비켜-
화
짜증
동종업계 친구와 통화하기
나사가 안빠지는 거야!
알지, 알지, 어렵지!
그러니까!
짧은 대화여도 이해가 빨라 좋다.
'아'하면
어!

운영의 어려움을 충분히 아시니까

작은 대화여도 풀리는 게 있다.

노래방
워어워
우워
헬스장
흐어헙커
오락실 농구
퉁탕
퉁탕탕
...
짜증
화
억울

여러분은 감정을
어떻게 정리하나요?

인터뷰 중
제가
불편함을
잘
느끼다 보니
저희
고객들은
불편을 느끼지
않길 바랐어요.
고객을
배려하기
위해
노력했어요.

근데 그거
아세요?
고객들도 저희를
얼마나
배려하는지.
있잖아요,
저희
고객님들은요!

고생하셨어요.
이동하실 때 드세요!
날이 너무 춥죠!
따뜻한 음료 챙겨가세요~
제가 키운 자두인데
맛있어요, 드셔보세요!

수리를 마친 내 자동차 안은 냉장고다.

나눔을 실천하는 고객들로부터
으-배고파.
꼬르륵-

고마움을 표현하는 방법을 다시 한번 배운다.
뭘 먹을까나~!

기웃기웃
옆에서 보면
아무래도 불편하시죠?
거실에 있을게요.
무슨 일 있으면 불러주세요.

고객님
10분 뒤에 도착 합니다.
기사님, 저희 집에 반려견이 있는데요.
혹시 동물이 불편하시면
다른 공간에 분리해둘게요.
전 괜찮습니다.
배려해주셔서 감사합니다.

엇, 벽이 안 뚫리네.
장비를 바꿔서 재방문 드릴게요.
네네.
재방문
이걸로도 안 되네?
또 재방문
왜 안 돼?
또또 재방문 - 시공 성공
드디어 됐다….

시공 완료됐습니다.
여러 번 방문 드려 죄송해요.
추욱
여러 번 해봐야
실력이 늘죠.
괜찮습니다.

식사 좀 준비했어요.
드시고 가세요.

네? 아,
괜찮습니다!

고생하셨는데,
감사해서요.

늘 엄격한 잣대를 들이댔다.
난 타인에게 이렇게 관대하게
기회를 주고
기다려준 적이 있던가?
탁-

이 일을 시작하는 초보 기술자에게
가장 짙은 기억으로 남아 여지껏
일의 원동력이 되는 주옥같은 경험.
잊지 않고
있어요…

• **육각렌치**(세면대 배수구, 주방 수전 전용)

변기 부속품에는 다양한 사이즈의 너트가 있음.
일반 공구를 쓴다면 계속
사이즈를 변경해야함

작업시간을
획기적으로 줄여준
공구!

일반 철물 매장에서
구하기는 어려움
(인터넷 쇼핑몰에서
찾아볼 수 있음!)

• **장갑**

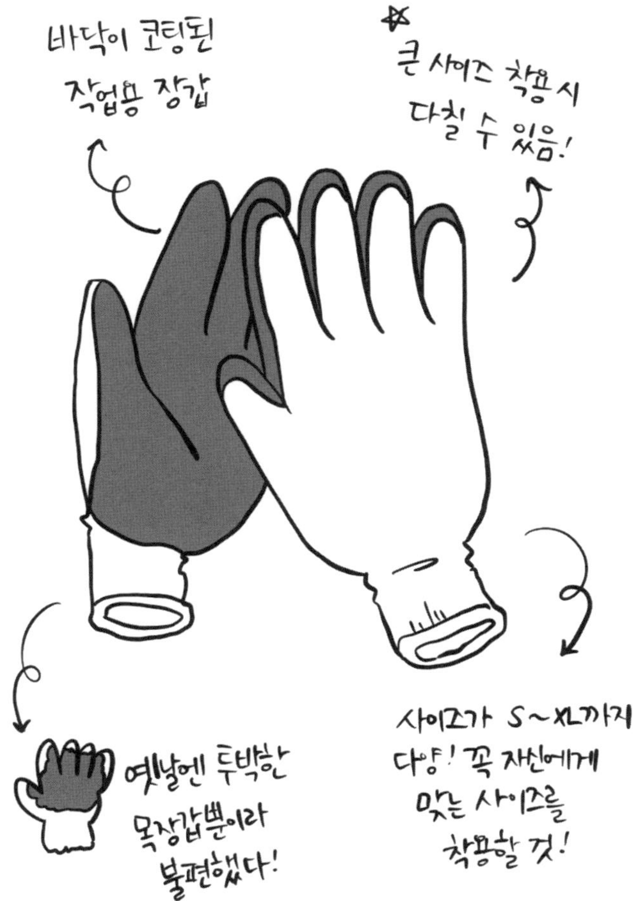

바닥이 코팅된
작업용 장갑
큰 사이즈 착용시
다칠 수 있음!
옛날엔 투박한
목장갑뿐이라
불편했다!
사이즈가 S~XL까지
다양! 꼭 자신에게
맞는 사이즈를
착용할 것!

# 가르치는 보람, 나누는 기쁨

# 뜻밖의 관심

기술 교육을 받았지만
재료를 2:1 비율로 섞어주세요.
현장에서의 경험이 부족했다.
머리만 크고
몸집은 크지 않은 느낌이랄까.
체험단을 모집해보자.
아무런 홍보 없이 모집한 체험단….
LIKE-US
여성기사가 방문하는 무상 집수리 체험단을 모집합니다.
딱 10명만 신청해도 정말 좋겠다.
다음 날
한두 명 신청했으려…

166

**떨림이 설렘으로**

· · ·
우와!
얼떨떨
추욱
털썩
잘할 수 있을까?
우리에게 꼭 필요해요!
내가 하고자 하는 일에 공감을 얻은 것 같아 힘이 났다.
하나씩 해보자.
수전교체건

체험단 수리 방문

뵙고
싶었어요!
체험단
안 될까봐
걱정했어요!
어떻게 이런
아이디어를
냈어요?!
전 지역에
제공되면
좋겠어요!
좋은 건
다 같이!

블로그에
후기 올려도돼요?

알리고 싶어요.

이동하면서
드세요!

고생하셨어요!

오래
하실 수 있길
응원할게요!

꼭 살아남아
주세요!

세상은 점점
좋아지고 있어ㅜㅜ!
웹툰 후기
여자가 사는 집이라 예쁘다는
쓸데없는 소리 안 들어서 좋아요.
그렇게 첫 현장
수리의 떨림은

첫걸음을 떼어보는 용기와 기대되는 설렘이 되었다.

# 실패가 힘이 될 때

실패
힘 조절 실패
뽀각!
실패
악, 맞다!
밸브!

서로가 실패를 쌓고 공유하다 보니
헤엥…
저것도 안돼.
이렇게 하니까 안 돼.

어느 순간 우리는 성장해 있었다.
이렇게 해보니 됐어!

실패가 경험이 돼서
성장을 하네.
기술에 관심 있는 여성들이 충분히 실패하고
비교 당하지 않고
눈치 안 보고
경험을 공유하는 시간을
만들어보면 어때?
좋아!
실전 노하우도 알려주자.
그렇게 탄생한
여성 주택 수리 워크숍
고쳐볼LAB

드릴의 강도는-
나사가
왜 안 나오지?
드릴 방향
확인해 볼까요?
워크숍에서 항상 하는 말이 있다.
맘껏
경험하고
충분히 실패해도
괜찮아요.

실패든 성공이든 '해봤다'는 사실만으로
누군가의 삶은 분명 바뀔 거라 믿는다.

# 선생은 접니다

반갑습니다.
홈케어
오늘은 간단한 집수리를 배울 거예요
안전을 강조하며 교육을 진행하는데
장갑
필수
50-60대 참여자 다수
드릴은 꼭 두 손으로!
그때 참여하셨던 아저씨 한 분….
됐어~. 남자가 무슨 장갑을 껴.

조절하는 방법 알려드릴게요.
어어~ 내가 알려줄게!
이럴 거면 수업을 왜 듣는 거야!
고난도 수업

**꽃을 받다**

강사님
덕분에
오늘 맘껏
해봤어요.
감사해요.

교육자로서 처음 받아본 꽃

생경했다.

준 적은 있어도 받을 줄은 몰랐다.



기분이 좋고 뿌듯하면서도 동시에 어깨가 무거워지는 신기한 꽃이었다.

# 가르칠 팔자?

의사?
높은 사명감... 힘들지.
간호사?
난 헌신적이지 않아.
선생님?
많은 학생들 어떻게 관리해?

워크숍
자, 드릴 방향을 기억하는 방법은!
따라해 보세요!
ㅋㅋㅋ
ㅋㅋㅋ
여기서 잘못 연결된 선은 뭘까요?
빨간 선이요!

짝꿍이 실습하는 걸
함께 봐주세요!
복습 효과가
있어요!
저 내일
강의도
추가로
들을게요!
네!

강의마다 전원
출석했어요!
짱!
다행이네요.
이번 워크숍도
인원 마감됐어요!!

사주…너 진짜야?
교육이
체질에
맞네.

- 장도리

못을 빼내는 곳
도배지가 망가지는 경우가
있어 거의 쓰지 않음
못을 박는 곳
못을 박을 일이 거의 없어
막상 잘 쓰지 않음
변기 백시멘트를 깨거나
욕실 거울을 깨서
철거할 때 사용

• 12V 전동드릴

여러 드릴이 있지만
12V 무선 전동 드릴을
가장 잘 씀!

가정용으로
추천!

컴팩트한
사이즈지만
꽤 파워풀!

손이 작은 사람에게도
부담스럽지 않은 그립감!

# 제6장

# 우리는
# 계속 나아간다

## 짧은 머리의 여자아이

초등학생
나
꽁지머리
김병지 컷
항상
바지
넌 왜 여잔데 머리가 짧아?
?
난 이 머리가 좋아서 한 건데?
?
하면 안 돼?
막아!
패스!
쟤도 축구 잘한대, 여잔데도!
같이 하자!

✡크래프트 중
타다닥
너 쟤한테 게임 졌다며?!
여자한테 지냐?
어린 나는 칭찬을 즐겼다.
여잔데도 게임 잘해.
축구도 한대!
그러다 어느 순간 드는 의문.
···
여자가
여자인데
내가 좋아서 하는 건데 왜 여자라서 신기해하지?
여자로서 해야 할 일이 따로 있나?

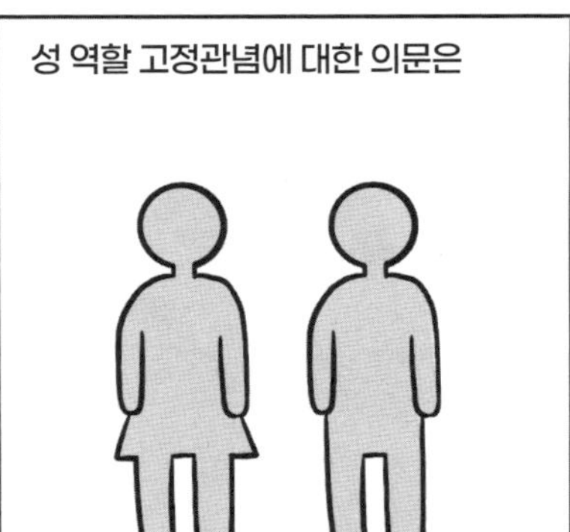


어린 시절로부터 그렇게 시작되었다.

## 우리에게 필요한 일

이직을 준비하는 동안
하아…
자소서 쓰는 중
우연히 창업 교육을 알게 됐다.
창업교육
•창업아이디어 상담
•교육과 멘토링!
교육을 받는 거지
꼭 창업해야 하는 건
아니잖아?
새로운 기회가
생길 수도 있고…

가벼운
마음으로
수업만
들어보자.
타닥
타닥
수강 중
여성들을 위한
일을 하고 싶어.
여성의 '일'을 위한 사업
여성들이 아직
진출하지 못한
직종은 뭘까?
여성의 '삶'을 위한 사업
여성으로서
겪은 불편한
환경은…

내가 만드는 서비스인 만큼
나도 관심 있는 일이어야 해.
수전이 또 이상하네.
칙
칙
고쳐야
하는데…
띵!
?!
여자들이
집수리를
해준다면?!

여성 집수리 서비스?
왜 안 돼?
직업적으로 여성도 충분히 할 수 있어.
기술은 배우면 되고
내가 본 수리 기술들은 큰 힘을 필요로 하지 않았어.
요즘 시대에 무턱대고 힘으로만 일하는 직업이 있나?
장비의 도움을 받으면
힘의 논리는 더 이상 통하지 않을 거야.

내가 경험한
수리 서비스는
기술적인
부분은
충족돼도
서비스에선 항상
아쉬웠어.
기술
서비스
기술과 서비스를 함께 갖추고
여성들에게
여성 수리 기사가 간다면
나라면
이 서비스를
이용하고
싶을 것 같아!

서비스에 대한 필요성은 확인했고
시장조사를 해보자.
타다
닥-
여성 집수리 서비스?
그런 거 없눈뒈?!
ㅋㅋ
ㅋㅋ

홈페이지에 들어갈 사진 자료가 필요해요.
여성 기술자 공구 사진
엔터!
우~
· · ·

도대체 누가 수리하는 데
브래지어랑 핫팬츠만 입냐고….

＊그래도 요즘은 선정적인 이미지가 덜 나온다.

# 꿈이 이루어진 순간

사업의
취지도
서비스를
이용할
타깃도
촤아악~

# 일필휘지

밤샘 최약체임에도 새벽까지 정신없이 준비한 계획서를
1년에 한 번 올까 말까 한 집중력
시원하게 제출했다.
탁!
ENTER
최선을 다했어.
이젠 결과를 기다릴 뿐….
띠링!

이번 지원사업에
응해주셔서
감사합니다.

귀사는 저희와
함께 갈 수…

있습니다!

진짜 됐네?

이런 것도 해보다

안녕하세요,
○○기자
입니다.

종종 인터뷰 요청을 받곤 하는데

하시는 일에 대해
이야기 나누고 싶어요.

네, 좋아요.

'여성 수리 기사'에 대해 알릴 수 있는
좋은 기회라고 생각한다.

공구도 여자가
수리도 여자가

첫 인터뷰를 할 땐 얼마나 신기했던지.

오—

잡지 화보를 찍은 경험도 있는데

커리어우먼 같은 옷을 입고

자켓

롱
슬랙스

하이힐

투박한 공구 박스를 드니

멋짐 폭발!
언밸런스한 듯하지만
걸크러시

내가 하는 일 덕분에
여성 주택 수리 서비스

다양한 경험을 할 수 있게 되고
인터뷰
화보 촬영
강연
워크숍
토론회
교육


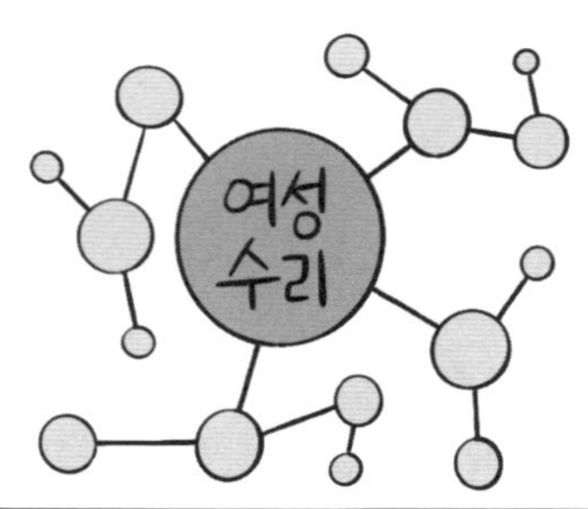

그 경험들로 인해 더 많은 기회들이 생긴다.
여성 수리

이 일을 하지 않았다면 이런 기회들이 있었을까?

• 줄자

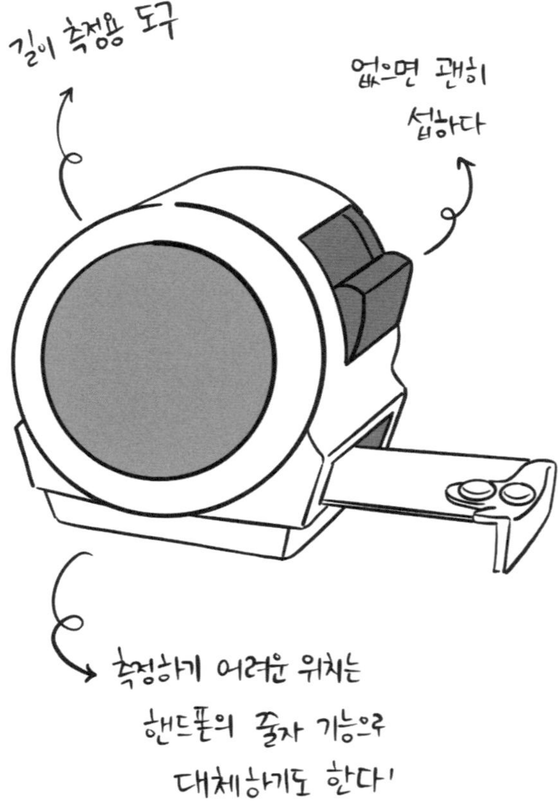


• 줄자

## •테이프

절연테이프
전선을 연결하거나
연결부를 절연하여
누전, 합선 방지할 때

테프론 테이프
하얀색 얇은 테이프
나사산을 메꿔
누수를 방지. 수도 수리할 때

알루미늄 테이프
환풍기 덕트 연결할 때.
내열성, 습기에
강하다

# •SDS 해머드릴+집진기

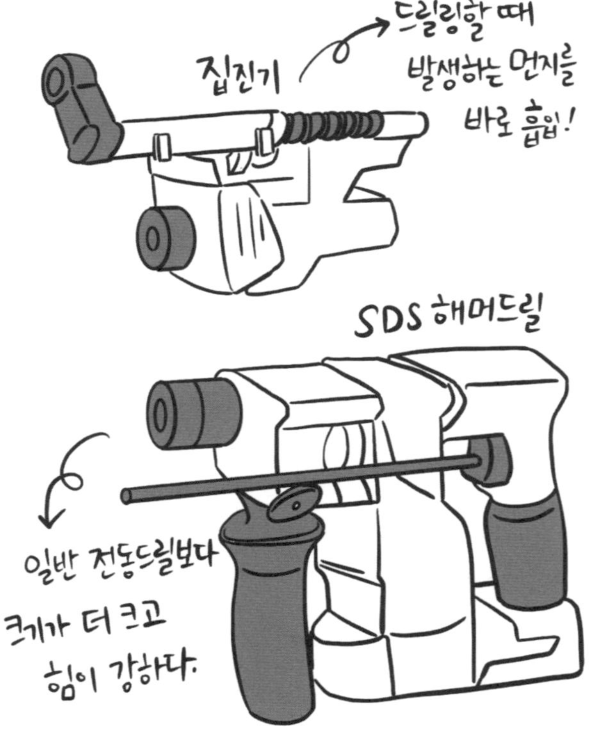

What's in my bag

# 내가 만든 미래

○○ 빌딩 준공 기념

○○ 빌딩 준공 기념

꿈
여성 기술자만 모여
건물 하나 뚝딱하는 날이 오기를.
그게 누구의 눈에도 이상할 게 없는
사회가 되기를 소망한다.

# 여자인데요, 집수리 기사입니다

**초판 1쇄 인쇄**  2025년 12월 17일
**초판 1쇄 발행**  2025년 12월 26일

**지은이**  안형선
**그린이**  조원지

**책임편집**  주소림
**디자인**  studio fttg
**책임마케팅**  최혜령, 박지수, 도우리, 양지환
**마케팅**  콘텐츠IP사업본부
**해외사업팀**  한승빈, 박고은
**경영지원**  백선희, 권영환, 이기경, 최민선, 강아현
**제작**  재영P&B

**펴낸이**  서현동
**펴낸곳**  ㈜오팬하우스
**출판등록**  2024년 5월 16일 제2024-000141호
**주소**  서울특별시 강남구 테헤란로 419, 11층 (삼성동, 강남파이낸스플라자)
**이메일**  info@ofh.co.kr

ⓒ안형선, 조원지
**ISBN**  979-11-7577-078-2 (03810)

크래커는 ㈜오팬하우스의 출판브랜드입니다.



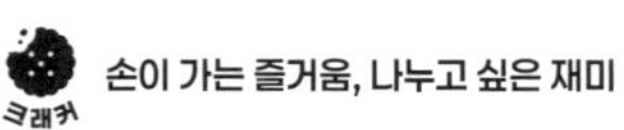